圖書在版編目（CIP）數據

孤吟百律 / 林凡著. -- 揚州 ：廣陵書社，2013.11
ISBN 978-7-5554-0028-8

Ⅰ. ①孤… Ⅱ. ①林… Ⅲ. ①詩集－中國－當代
Ⅳ. ①I227

中國版本圖書館CIP數據核字(2013)第282533號

ISBN 978-7-5554-0028-8

孤吟百律

著者　林凡
責任編輯　劉棟
出版發行　廣陵書社
社址　揚州市維揚路三四九號
郵編　二二五〇〇九
電話　(〇五一四)八五二二八〇八八　八五二二八〇八九
印刷　揚州廣陵古籍刻印社
版次　二〇一三年十一月第一版第一次印刷
標準書號　ISBN 978-7-5554-0028-8
定價　肆佰捌拾圓整(全貳册)

http://www.yzglpub.com　E-mail:yzglss@163.com

孤吟百律

林凡 著

廣陵書社

中國・揚州

孤吟百律

妾身在浮山，合與羅山住。
風雨吹能來，風雨吹不去。

清・胡亦常《定情曲》

《孤吟百律》詩序

蔡若虹

（一）

苦味生涯蜜味詩，不逢時後又逢時。
堂堂小子奇男子，嘖嘖新詞絕妙詞。
事業蟲魚非下品，因緣筆墨乃真知。
多情圓了羅浮夢，不唱相思唱竹枝。

（二）

隆冬不畏畏春寒，落盡繁花志未殘。
白鬢丹心多面手，紅裝慧眼領頭官。
曾經滄海難爲水，除却羅浮更愛山。
神仙本屬神仙國，灼灼紅心照夢間。

按：文革中，人呼林凡爲『小子』。林凡冠以『堂堂』二字，自鐫圓印，曰『堂堂小子』。

●一九九五年，林凡舉辦『書藝外展』，展題爲『蟲魚事業』。又《寫生》一詩有云：『蟲魚事業真如此，草木神仙即是斯。』

林凡《孤吟百律》序

范曾

回憶，愛情之無盡藏也；寄回憶于韵語，美奂之至高境也。韵語而至七律，其難在華不傷質，整而能疏。讀林凡百咏，其情彌深而其境信美，避實相之端倪，呈禪家之幻域，躡靈胎于香國，追魄奴于衆芳，課虚叩寂以述往迹，非高人作手何能致此。要之，美玉不琢，好詩不評，微余范生，何敢續貂，乃勉爲《金縷曲》一首，示欽示欣，以頌以禱。詞云：

何處登樓意。記羅浮，醉梅孤潔，雁寒收翅。涕泪平生惟知己，零落詩酒馳思。借百律、長吟攬轡。滄海朱桑真綺夢。説愴然、刻骨銘心事。風習習，連心幟。浩波劫餘無多恙，只孤踪、夢飄南浦，情存弦瑟。大筆曾經舒氣象，畢竟高人華緻。懸萬里、寒香深寄。雄空壯海雲和樂，禱神州，欲學比干志。老驥烈，忍輕棄。

二〇〇一年五月六日于抱冲齋

林凡《孤吟百律》序

范曾

回憶，愛情之無盡藏也；寄回憶于話語，美與之至高境也。韻語而至七律，其難在若不得實，堅而能流。讀林凡百詠，其情彌深而其境信美，虛實相之端倪，是禪家之幻域，寓靈明于香國，追曠放于象方。謙虛叩教以述往蹟，非高人作手何能致此。要之，美在不深，好詩不群。微余造王，何敢續貂，乃賦為《金縷曲》一首，示欽示欣，以頌以禱。

詞云：

何處爭凄意。記雅琮、野梅孤鸞，雁寒收翅。濁酒平生惟知己。零落詩酒醒思。借百律、長吟寶鑑，滄海未桑真語夢。記愴然、烈胄銘心事。風語苦，渾心熾。

詰波詰餘無多志，只孤懸、夢飄南浦。情存此志。大宇曾經舒氣象，畢竟高人華致。懸萬里、寒香深寄。華空卅衡雲甘樂，精神洲、欲與比干志。老驥渴，伏槽棄。

二〇〇一年五月六日于抱沖齋

林凡《孤吟百律》

沈鵬

詩到羅浮已失題，清詞麗句隱凄迷。
薜蘿披帶終非夢，鶼鰈游翔緣有期。
素以爲絢摒俗韻，生而能熟透靈犀。
憐君如我華顛早，魂魄三生拜玉溪。

●『薜蘿』句：《楚辭・山鬼》：『若有人兮山之阿，被薜荔兮帶女蘿。』

●鶼鰈：鶼，比翼鳥；鰈，比目魚。句中用以比喻夫妻。

●素以爲絢：見《論語・八佾》：『子夏問曰：「巧笑倩兮，美目盼兮，素以爲絢兮，何謂也？」子曰：「繪事後素。」』

●玉溪：唐代詩人李商隱，早年習業王屋山之玉溪，號『玉溪生』。

林凡《孤吟百律》

沈鵬

詩到羅浮已大觀，清詞麗句隱淒迷。
薜蘿披帶終非夢，鶼鰈游翔緣有期。
素以為絢探俗韻，生而能熟透靈犀。
憐君如我華顛早，魂與三生拜玉溪。

●「薜蘿」句：《楚辭·山鬼》：「若有人兮山之阿，被薜荔兮帶女蘿。」

●鶼鰈：鶼，比翼鳥；鰈，比目魚。句中用以比喻夫妻。

●素以為絢：見《論語·八佾》：「子夏問曰：『巧笑倩兮，美目盼兮，素以為絢兮。』何謂也？」子曰：「繪事後素。」」

●玉溪：唐代詩人李商隱，早年曾業王屋山之玉溪，號「玉溪生」。

孤吟百律

沈鵬題詩

這本『孤吟』的詩，能作爲『情人節』的禮物嗎

我這本小詩集不是什麽帶刺的玫瑰，也不是愛情的挽歌，但我確實想把它送給相互愛著的男男女女，特別是想把它送給上了年紀的人們，想讓大家知道我這個八十多歲的老人，確曾有過愛情，把它作爲『情人節』的禮物，有一種特殊的意義。

我結過三次婚，而且確實和這三位夫人都有過愛。她們有的過世了，有的分手了，但我懷念她們，忘不了和她們的愛。特別像我的原配夫人安安，是著名的舞蹈演員，她放棄了她的藝術事業，放棄了她的優厚待遇，我謫貶山西，她追隨我到山西，過著二十年的極端困苦的生活，如果我不把這些故事告訴世人，我會終生感到内疚，感到痛苦的。我在詩中没有隱諱，没有詩飾，是誠實地向讀者奉獻我的心靈，我現在的孤苦，孤單，孤吟，并不説明我一輩子都是這樣的。真正的愛情，即使比較短暫，也是值得珍視的。千萬別把我的『孤吟』的詩當成『語讖』而忌憚它。

這本詩全是七律，一百三十來首。這在以往的中國詩史中是没有過的。原先寫成的比較多，有近三百首，删來删去，就剩下這些。當然也可能像清朝詩人厲鶚説的有『自珍自疑』的地方，但無礙于喜歡格律詩的朋友去讀它，或許能有一些心靈上的收穫。其他我給畫友們寫的《畫壇詩柬》和記游的作品，我會慢慢地整理出來給大家看，并就教于大家。

八十四歲老人　林凡

癸巳初冬于滬上霞飛別墅

這本「孤吟」的詩，能作為「情人節」的禮物嗎

我這本小詩集不是什麼帶刺的玫瑰，也不是愛情的挽歌，但我確實想把它送給相互愛着的男男女女，特別是想把它送給上了年紀的人們，想讓大家知道我這個八十多歲的老人，確曾有過愛情，把它作為「情人節」的禮物，有一種特殊的意義。

我結過三次婚，而且確實和這三位夫人都有過愛，她們有的過世了，有的分手了，但我懷念她們，忘不了和她們的愛。特別像我的原配夫人安安，是著名的舞蹈演員，她放棄了她的藝術事業，放棄了她的優厚待遇，我謫貶山西，她追隨我到山西，過着二十年的極端困苦的生活，如果我不把這些故事告訴世人，我會終生感到內疚，感到痛苦的。我在詩中沒有隱諱，沒有掩飾，是誠實地向讀者奉獻我的心靈，我現在的孤苦

孤單，孤吟，并不說明我一輩子都是這樣的。真正的愛情，即使比較短暫也是值得珍視的，千萬別把我的「孤吟」的詩當成「詩讖」而忘掉它。

這本詩全是七律，一百三十來首。這在以往的中國詩史中是沒有過的。原先寫成的比較多，有近三百首，刪來刪去，就剩下這些。當然也可能像清朝詩人厲鶚說的有「自珍自疑」的地方，但無礙于喜歡格律詩的朋友去讀它，或許能有一些心靈上的收穫。其他我給書友們寫的《書道詩柬》和記錄的作品，我會慢慢地整理出來給大家看，并就教于大家。

癸巳初冬于滬上雲飛別墅

八十四歲老人 林凡

目録

[illegible] 目錄 四

暮雨微吟繾綣詩——《孤吟百律》前言

蔣力餘

中華是一個詩的國度，不學詩，無以言。古往今來杰出的政治家、思想家、藝術家，往往乃詩人。惟楚有材，于斯爲盛。如詩似畫的芙蓉國裏，歷來是詩人成長的摇籃。在這塊熱土上，屈原曾寄情杜蘅芳芷，李、杜曾放歌洞庭碧波、長沙秋色。出生于湖南益陽一個書香之家的林凡先生，受湖湘文化之陶冶，秉承家學，自幼與詩、書、畫結下不解之緣。林凡那充滿幽情雅意的畫卷，那清秀靈和的書法，曾使海内外名流方家駐足流連，如飲醇醪。其實林凡本色是詩人，其書畫藝術是濃鬱詩情的物化和外化。林凡無詩不讀，從《詩三百》至《人境廬》，凡是偉大和杰出的詩人，他都願與之結識神交；所有重要和優美的詩篇，他儘可能地搜求飽覽。正因爲如此，他的創作博採衆芳，自鑄新詞，獨成風格。近讀林凡先生的愛情組詩《孤吟百律》，語出肺腑，高華深秀，心旌摇蕩，不能自已，堪爲愛情詩史上的戛戛獨造。詩集原名爲《羅浮吟》，名爲羅浮者，蓋有托焉。羅浮乃粤中名山，屹立海隅，風景秀異。相傳羅山之西有浮山，爲蓬萊一阜，不知何年浮海而南，與羅山相擁并峙，故曰羅浮，後世遂爲伉儷至愛相親之典故。清人胡亦常詩云：『妾身在浮山，合與羅山住。風雨吹能來，風雨吹不去。』（《定情曲》）更賦予羅浮以愛情的浪漫色彩。羅浮又名梅花，夢中情人之象徵也。林凡于花木之中獨喜梅花，作梅花圖數百幅，良有以也。『羅浮』又諧音『Love』，情詩也。而今又以『孤吟』名其詩，蓋情深難達、知音難遇也，其間苦澀悲凉，每多惆悵，乃托之于詩，寄慨萬端而成此編。

林凡與安安（何健安）、小妹（彭鴻遠）、影子（王影）之愛情故事頗富傳奇色彩。三位女史蘭心蕙性，風華絶代，又或爲俠女，爲才女，爲奇女，均與林凡相遇甚奇、相知甚深、相愛尤切，她們均以芝節蘭操、

俠骨慧心，支撐著林凡之精神大厦，引領林凡于藝術川原縱横馳騁。然又因彼此個性有異、際遇非同、環境皆殊等因素之影響，終致連理分枝、鴛鴦獨宿，故《孤吟百律》深情與摯愛同在，多彩共遺憾并存。

先生元配安安，爲大家閨秀，抗日名將何宣之女，是喝桃花江水而綻放的生命之花，與林凡爲青梅竹馬，美麗、善良、靈秀、剛烈，對藝術極其執著，二十來歲即成著名舞蹈家。在湘中風景如畫的桃花江畔，安安故居的桃谷山上有一座傳爲唐代俠女紅拂的墳墓，何宣將軍曾修葺此墓并爲追悼紅拂，旌表其許身李靖助其成大業的俠義精神，這對安安産生了深遠影響。當年林凡因直言見罪，貶謫河東，而安安毅然離開總政歌舞團，放棄優厚待遇，追隨詩人于山右，在謫貶的苦雨凄風中厮守二十年，共育三女一子。在文革中多次挺身而出保護林凡，非心如磐石、節比紅梅，孰能至此？然而因林凡潛心藝術，顧家甚少，安安身心疲憊，因政治重壓，甚至影響兒女的前途，不得已而勞燕分飛。

繼配彭鴻遠，爲名門之後，母親俞大縝老人爲曾國藩孫女曾廣珊（心杏老人）的女兒，家學淵源，風神超逸，氣度樸素高貴，爲中央美院教授、俄羅斯藝術研究專家。與詩人結縭之後，引領他拓寬視野，廣交名家，爲林凡日後藝術之騰飛，夯築了堅實基礎，終因相互性格的相悖而舉手勞勞。

又配王影，原係滿族，山東人，後隸屬蓬萊。八歲時投身革命洪流，有軍花之譽，在八一電影製片廠擔任業務領導三十餘年。王影讀書無多，但天資穎悟，能過目成誦，靠自修成爲電影藝術家，幹練多才。青年時代與林凡相值于廣州，靈犀相通而將傾慕之情埋于心底，四十年後同住一樓，三年却無一遇，偶然重逢，重燃情火。相携以來，爲林凡藝術事業之拓展而殫精竭智。而深可憾者，進入耄耋之年以來，兩人因性格、際遇之不同，藝術觀念之差距，兼之溝通困難，故林凡只能傷心地離開愛巢，獨自飄零，三度出走，四度孤征，五年羈泊，耄耋之年，竟居無

定所，然情之所鍾，仍惓惓抒誠，終成此卷。林凡視藝術爲生命，待人至誠，惜其過度沉湎于藝術和愛情，不事生計，不修内省，偃蹇遷延，終成人生事業、愛情和藝術的諸多遺憾，藝術的才人，却成爲愛情的孱弱，深知林凡者，莫不深爲太息，他與三位夫人雖良緣已盡，真情却永存。

《孤吟百律》比較集中地記録了詩人與三位女史的愛情生活和藝術生活，以百律來謳吟愛情與藝術，并且出自一位耄耋老人之手，這在中國詩史上可謂千古獨有，足見詩人非凡的藝術膽識和詩學造詣。同時又袒露了這位藝術大匠的豐富美麗之心靈世界，這種精神也昭示世人：愛情不僅僅是青年男女的專利品，而且也是老年人最爲寶貴的心靈之星。細品兹編，感慨繫之！龔自珍、拜倫、普希金等中外古今的許多情愛名篇，多爲一種隱喻，在杳冥之中，讓讀者去摸索和猜想他們丘比特之箭是射向何方，而林凡先生却直抒胸臆，坦誠地在一組篇幅巨大的愛情詩中，向讀者和盤托出他的心境，這是亘古所無的情愛詩歌之奇觀。這裏没有難言之隱，没有彼此悖離的愛情謊言，没有藝術上的巧言令色！有的只是深邃的感情和迷人的藝術。細玩此編者，當信予言之不誣。

《孤吟百律》多苦戀之思。真正的藝術家、詩人都是性情中人，他們對愛情的追求也有常人莫及的執著。詩人善于用典型細節，真實地記録他們的深情眷戀。《烏靴》是記録詩人與安安至愛深情的詩作：『桃花江水美人魂，眉語眸神水樣横。縷縷青絲花約束，飄飄素袷玉温存。武陵顔色南山雁，燕并風神楚國根。一對烏靴百升米，珍珠如粟記殊恩。』此詩記録了詩人與女主人公初戀時的一個故事：林凡讀中學時有次演出《理髪院》一劇，道具服飾皆借自鄰家，結果不慎將皮鞋丢失，當時皮鞋屬高檔商品，對方索賠稻穀兩擔，林凡家寒無力賠償，而安安不讓林凡知曉竟以學費代爲償付，後問借主方知實情。從此二人結下情緣，林凡對此終生感念。眉語眸神、青絲素袷，可想見當年秋水伊人的綽約風姿，横目秋波。後來二人先後從軍，安安北上天山，從此音信杳然，多少日

日夜夜詩人思念難安：『燕樓盼盼音容好，虎塞安安想像難。』（《湘女》）苦戀伊人之時，詩人也想像對方思念自己，因爲他們的心是相通的，詩中寫道：『六么獻舞三門殿，一夕相思九曲河。』（《代安作》）讀這樣的詩作，我們很容易想起《詩經・蒹葭》中的意境：『蒹葭蒼蒼，白露爲霜。所謂伊人，在水一方。』如此深情，至死未泯，後來安安沉疴不起，埋骨西陵，詩人和泪寫下悼亡四章，試讀這樣的詩句：『傷心江上招魂誄，從此桃花瑟縮開』（《安安・一》）『心雄一慟西陵泪，幽恨千重北海潮』（《安安・二》），江上招魂，桃花失色；西陵灑泪，幽恨如潮，可謂柔腸百轉，痛徹骨髓。林凡還把思戀之情化作典型的藝術形象寄托于畫中，那些形單影隻的白鷺，或佇立于秋草連天的高山之巔，或流連于寒風瑟瑟的山溪之旁，或徘徊于秋水澄碧的寒潭之中，在那裏搔首孤吟，遐思無盡。韓愈說：『愁思之聲要眇』，信哉斯言也！

《孤吟百律》亦多温馨之樂。他們經歷了人生的風風雨雨，夢裏情人終成鴛侶，其樂何如也。詩人敢于真愛，故能享受真樂。林凡最愛畫故鄉的白鷺，其實他與小妹就像《晚風》中的一雙白鷺在殘陽夕照的蘆花叢裏軟語嚶鳴。《海旅》一詩描寫了詩人與小妹品味愛情生活甘甜的情景：『短帆已卸暮雲浮，酒漬茶痕淡不收。襲襲羅裳飄小月，重重銀浪割清眸。嬙妍蛤蚌皆龍種，粉黛神仙著蔽裘。舒捲海天摇曳夢，寒濤一片立雙鷗。』詩人在詩跋中說：『予偕小妹夜宿海上，雖僅一夕，却永難釋念。及至捨舟登岸，返視海天，不覺化入鷗群中，與之共舞于波光雲影間，此真樂也。』

詩人的筆觸是細膩的，往往通過對日常瑣事的描寫來反映他們相濡以沫的生活。先生微恙，影子注以愛眸；影子違和，先生慰以詩語。相携漫游，中外不少名勝留下了他們的雪泥鴻爪。香宫的琵琶，再證了他們的舊盟。蘆溝賞月，黄岳參禪，舊金山漫步，羅浮宫徘徊，他們青春焕發，倦意頓消。先生談及這些游踪，這些旅游的故事，每每老泪縱横。

他告訴筆者：小妹有海南、臺灣諸多名勝的旅游生活，影子到過歐洲、美洲、臺灣、香港，這些地方都能找到她們的足迹，唯獨安安除華山、黄山、泰山、桂林之外，都因爲生活困淪，而無法外出。她纔是付出最多，所獲最少，無怨無尤，至堪欽敬！但此生已矣，夫復何言！西窗剪燭，圍爐夜話，詼諧的故事使他們流下了歡樂的泪水：『昨夜又演《子不語》，殘燈敗席侃人生。瓜棚一串葫蘆鬼，洞底三千硌砢精。極品詼諧皆有泪，自編影視總多情。窗前尚有叨叨話，心事無邊作海横。』（《夜話》）『極品詼諧皆有泪』，這是多麽真實和深刻的描繪！韓愈説：『歡愉之詞難工，窮苦之言易好。』（《荆潭唱和集序》）金農有副名聯：『惡衣惡食詩方好，非佛非仙人出奇。』這是詩人真實生活的寫照。詩人既善愁思，亦工歡愉。所以然者，何也？發自内心，自然真率之故也。《莊子》云：『真悲無聲而哀，真怒未發而威，真親未笑而和。真在内者，神動于外，是所以貴真也。』（《漁父》）正因爲有一個『真』字，故詩人下筆纏綿悱惻，感人至深！

《孤吟百律》有藝術王國的比翼遨游。詩人與三位女史的愛情建立在對生命本體的珍視、對藝術的執著追求之上。愛情對他們來説，是激勵其向藝術頂峰不斷攀登的核能源。林凡的藝術天賦甚高，從軍後潛隱于身的藝術彩虹曾一度熠熠生輝。然蒼天不仁，降以厄運，使其在苦雨凄風中耗費了二十年最可寶貴的時光。在那艱難的歲月裏，深深感激安安對他莫大的理解與支持：『驢背牛車載歌舞，沙鍋瓦碟供神仙。』（《山棗與京梨》）這兩句最普通的詩句，却道出了這一對藝術才人當年極其痛苦、極其無告的生活！

其後，與小妹喜結連理，荒涸的心田得到愛情甘露的滋潤，生命的潛能得到極大調動，這時真正找回了人生的第二個春天。試讀《送飯》一詩：『蘭臺新啓獲清歡，曲曲春溪泛彩瀾。微火紫泥烹雀舌，冰紈素扇拂龍團。青峰碧岫勾描易，負水挑雲送飯難。三丈錦屏新入妙，畫成

扶挽倚欄看。』林凡在詩序中說：『時有大幅白描《送飯》之作。盛夏間，汗如雨下，獲小妹烹茶、揮扇之勞。旬日之中，竟成巨幛。』愛情激活了詩人的靈感，有一年百花生日，林凡竟作花聯百幅：『一疊華箋紅列陣，經宵宿構筆如刀。』（《百聯》）關于『百聯』的故事，在林凡一生中有兩次，一次是在山西，爲了過年買肉，林凡從早上九時到晚上九時，書寫了一百幅春聯來换取一些猪肉。第二次則是這首詩中說到的元旦發筆。由于愛情的灌注，纔使先生有如許思如泉涌、情若狂濤的表現。林凡晚年的創作，大多直接取材于他們的愛情生活，那疏影横空的梅花，軟語啁啾的黄鳥，永恒節日的蠟燭，無一不是他們的詩化、藝術化的至愛深情。這些畫作，意境幽深，多被藝術界推爲逸品、神品。這些題畫的詩作，多爲借畫咏情，使人聞之動心，味之無極。在藝術之路遭遇坎坷之時，他們相互勉勵：『幾年辛苦開生面，一獲天機證匠心。』（《凋菰》）但即使這種感情的萌發，有時也被扼殺了。

林凡在藝術領域裏不斷開拓創新，走向輝煌，在北京、深圳、香港、臺灣、日本、美國等地隆重舉行了別具一格、規模宏大的藝術展覽，譽滿京華，名揚異域。可以說，是愛情的力量使林凡藝術才華的發揮趨于極致。但這些基礎都奠定在與安安生活的二十年中，安安却懵然不覺。所以，這就是先生最孤苦無告、最爲痛切無陳之處。

《孤吟百律》也有對五濁人生的深深感喟。『且學蟲魚成事業，獨依草木作神仙』（《暮蟬》），林凡的確陶醉于自然環境和愛情生活中，更陶醉于藝術事業中，但没有躲進藝術的象牙之塔而不知有漢。事實上詩人對于時代的陰晴雨晦頗爲敏感，在這部以愛情、藝術爲主題的詩集中也有對五濁人生的深深感喟：『優曇一放三千歲，五濁人間幾十年。』（《優曇花放》）文革十年，人妖顛倒，民族經歷了前所未有的劫難，詩人飽受折磨。回首往事，詩人對極左路綫表示了極大的憤慨：『過敏神經難入夢，荒唐故事聽來香。』（《十年》）這十四個字道盡了當時的悖謬，而揚播文壇，

聲動社會！當聽到王影叙述文革中彭德懷元帥遭受迫害的情景時，詩人不禁雙泪長流：『萬人潸下談心曲，一度狂歌賦七哀。』（《紙卉》）詩人信而見疑，忠而被謗，在河東度過了二十年含垢忍辱、唾面自乾的淒苦歲月，對于這段經歷，詩人用悲涼的筆調作了回憶：『正月河風似剪刀，廿年客晋楚魂銷。月迷歸路幽并泪，水濁孤征獨漉謡。梅萼未描無畫寄，霜毛易落怯風飄。詩絲縛夢真成繭，猶自低徊過板橋。』（《獨漉》）最爲寶貴的二十年却謫居河東，無限的辛酸，無窮的痛苦，只能隱于心曲！林凡對筆者說，他最喜歡李白《獨漉篇》一詩。此詩爲李白五十七歲時所作，當時詩人因愛國熱情所激勵，投奔永王璘，結果陷入統治者的内訌之中。李白身處逆境，仍思爲國雪耻，報效朝廷，雖然是『落葉别樹，飄零隨風』，但仍然是『雄劍挂壁，時時龍鳴』。林凡也是如此，他對藝術的酷愛就是爲了報效國家與民族，林凡與李白的心是相通的。

當然，愛情如咖啡，苦澀中有甘甜，甘甜中有苦澀，因爲真正的理解太艱難。詩人的創作真實地表達了這種情感：『一撮餘酸真續恨，十年深愛證初盟。』（《青梅》）『我自支離走西口，誰甘狼犺著南冠。』（《弦索》）詩人說：『青梅極酸，予之所以擬此題者，乃因深愛，餘酸而不可或止也。』林凡的詩稿筆者多年前已經拜讀，内容比此編更豐富，不少佳構因特殊原因被删削。先生還說：『文革中被抄没的數百首詩稿則永淪溷厠。』這是何等可惜。人生有許多無奈，當然也因這些無奈而成就人生之多彩。若有讀者有志深入研究林凡先生，筆者樂意提供更爲豐富的材料。

《孤吟百律》多以境勝。著名美學家宗白華在《藝境》一書對藝術意境的誕生論述甚爲透徹。人生有各種境界，藝術境界主于美，它以宇宙人生爲具體對象，賞玩它的色相、秩序、節奏、和諧，借以窺見藝術家隱秘幽深的心靈世界。它化實境爲虚境，創形象爲象徵，使人類的心靈具象化、個性化。中國藝術意境的創造，須既得屈原的纏綿悱惻，又須得莊子的超曠空靈。情感豐富、學養淵深的林凡在爲三位女性所作的感

轟動社會！當聽到王震敘述文革中彭德懷元帥遭受迫害的情景時，詩人不禁雙淚長流：「一篇入情千秋心曲，一腔狂歌賦七哀。」（《流年》）詩人信而見疑，忠而被謗，在河東度過了二十年含冤忍辱、嘔而自乾的辛苦歲月，對于這段經歷，詩人用悲涼的筆調作了回憶：「正月河風似剪刀，廿年客晉楚魂銷。月迷歸路幽并泪，水濁孤舟獨進謠。有夢未描無畫意，霜已易落秋風飄。詩緣鄉夢真成讖，酒自低徊過板橋。」（《濁流》）最為寶貴的二十年卻謫居河東，無限的辛酸，無窮的痛苦，只能隱于心曲！林凡對筆者說，他最喜歡李白《獨漉篇》一詩。此詩為李白五十七歲時所作。當時詩人因愛國熱情所激勵，投奔永王璘，結果陷入統治者的內訌之中。李白身處逆境，仍思為國雪恥，報效朝廷，雖然是「落葉別樹，飄零隨風」，但仍然是「雄劍挂壁，時時龍鳴」。林凡也是如此，他對藝術的酷愛就是為了報效國家與民族。林凡與李白的心是相通的。

當然，愛情如咖啡，苦澀中有甘甜，甘甜中有苦澀，因為真正的理

解太難。詩人的創作真實地表達了這種情感：「一撮餘酸真續恨，十年深愛證初盟。」《青梅》「我自丈離走西口，誰甘狼狗著南冠。」《流淚》詩人說：「青梅極酸，予之所以擷此題名，乃因深愛，餘酸而不可或止也。」林凡的詩稿筆者多年前已經拜讀，內容比此編更豐富，不少佳構因特殊原因被刪削。先生還說：「文革中被抄沒的數百首詩稿則永淪幽冥。」這是何等可惜。人生有許多無奈，當然也因這些無奈而成就人生之多彩。若有讀者有志深入研究林凡先生，筆者樂意提供更為豐富的材料。

《孤吟百首》多以境勝。著名美學家宗白華在《藝境》一書對藝術意境的誕生論述甚為透徹。人生有各種境界，藝術境界主于美，它以宇宙人生為具體對象，賞玩它的色相、秩序、節奏、和諧，借以窺見藝術家隱秘幽深的心靈世界。它化實境為虛境，創形象為象徵，使人類的心靈具象化，個性化。中國藝術意境的創造，須既得屈原的纏綿悱惻，又須得莊子的超曠空靈。情感豐富、學養淵深的林凡在為三位女性所作的感

情至深之作恰好二者兼得，故《孤吟百律》往往能把讀者帶入凄婉蒼涼、虛靜空靈的藝術境界之中。

王國維引用尼采的話說：「一切文學，吾愛以血書者。」（《人間詞話》）讀這本詩集，難道不是哭吐精誠的血泪之作麼？情到至真，必含凄惻。林凡的性格傾向于敏感、細膩，他的詩作往往是一腔深情的自然流露，故多凄婉之境。關于這種詩境，顧翰在《補詩品》中這樣描繪：「別君隔年，思君暮春。……池上獨酌，愁對清樽。」顧翰說的凄婉偏于愁苦，而林凡的凄婉偏于凄清、凄冷。凄苦的歲月，殘酷的等待，詩人的詩思仿佛化作了寒星冷月，雨雪霜花：「當時秋雨凄其夜，此夕寒宵獨泣情。」（《羅巾》）「綠萍零落相思苦，蕪徑徘徊指顧迷。」（《溪風》）冷月寒星，綠萍荒徑，山風習習，山草蕭蕭，一股寒風仿佛從我們心中刮過。讀這樣的詩作，我們仿佛隨屈原來到了「雪霰紛其無垠兮，雲霏霏其承宇」（《涉江》）的幽獨空林，隨柳宗元來到「凄神寒骨，不可久居」的小石潭

邊，隨齊己來到「寒澗不生浮世物，陰崖猶積去年冰」（《游谷山寺》）的深山古寺。這裏的凄清、凄冷，不是尋常的冷漠，而實際上是一種至烈真情的淬火，冷中見熱，閃爍著生命的絢麗冷光。詩人對宇宙人生傾注了至真情感，故風雲月露，秋葉春花，很容易觸動隔世相思，因而其藝術創作非泪無以傳其情。這正如惲南田所說：「寫此雲山綿邈，代致相思，筆端絲紛，皆清泪也。」（轉引自宗白華《藝境》）南京賞梅，林凡由梅花而想到夢中情人，想到四十年前的往事不禁悲從中來：「盈盈紅萼蓬山泪，寂寂清波楚澤莼。」（《梅林》）他們過大海大洋，面對蒼茫天宇，無盡烏途，寫下了這樣的詩句：「玄雲伴托過重洋，一望空蒙一鬱傷。輿地早知滄海闊，人生遲暮道途長。」（《玄雲》）詩人回憶「五十年前，謫居山右，河汾寥落，朋儕凋零，居次長貧，舉家多病，苦況何堪！而珠桂之累，交相侵迫，草根殘木，又何敢作振羽長空、擊水大澤之想！」這裏附帶說一句，先生每詩皆繫有小跋，我們也可稱爲「疏」，也可稱爲「解」。

情至深之作恰好二者兼得，故《孤吟百律》往往能把讀者帶入淒婉、凄涼、虛靜空靈的藝術境界之中。

王國維引用尼采的話說：「一切文學，吾愛以血書者。」（《人間詞話》）讀這本詩集，難道不是哭吐精誠的血淚之作嗎？情到至真，必含淒惻。林凡的性格傾向于敏感、細膩，他的詩作往往是一腔深情的自然流露，故多凄婉之境。關于這種詩境，顧翰在《補詩品》中這樣描繪：「別君隔年，思君暮春。……池上獨酌，愁對清樽。」顧翰說的淒婉偏于愁苦，而林凡的淒婉偏于淒清、凄冷。淒苦的歲月，殘酷的等待，詩人的詩思彷彿化作了寒星冷月，雨雪霜花：「當時秋雨寒其夜，此夕寒宵獨泣情。」（《羅中》）「綠萍零落相思苦，無徑徘徊指點迷。」（《溪風》）冷月寒星，綠萍荒徑，山風習習，山草蕭蕭，一股寒風彷彿從我們心中刮過。讀這樣的詩作，我們彷彿隨屈原來到了「霰雪紛其無垠兮，雲霏霏其承宇」（《涉江》）的幽獨空林，隨柳宗元來到「凄神寒骨，不可久居」的小石潭邊，隨齊己來到「寒潮不生浮世動，陰崖猶積去年冰」（《遊谷山寺》）的深山古寺。這裏的凄清，凄冷，不是尋常的冷漠，而實際上是一種至熱真情的碎火，吟中見熱，因燃著生命的絢麗冷光。詩人對宇宙人生傾注了至真情感，故風雲月露，秋葉春花，很容易觸動隔世相思，因而其藝術創作非沮無以傳其情。這正如惲南田所說：「寫此雲山綿邈，代致相思，筆端絲紛，皆清沮也。」（轉引自宗白華《藝境》）南京賞梅，林凡由梅花而想到夢中情人，想到四十年前的往事不禁悲從中來：「盈盈紅豆遠山沮，寂寞清波楚澤蕪。」（《梅林》）他們過大海大洋，面對蒼茫天宇，無盡宕途，寫下了這樣的詩句：「冬雲伴我過重洋，一望空蒙一鬱悒。與旭早知滄海闊，人生遲暮道途長。」（《冬雲》）詩人回憶「五十年前，謫居由句，何苦零落，明倫凋字，居次長貧，舉家多病，苦況何堪！而宋佳之彙，交相侵迫，草根殘木，又何敢作振翅長空、擊水大澤之想！」這裏附帶說一句，先生每詩皆綴有小跋，我們也可稱為「一解」。

説實在的，先生這些一百字、兩三百字的詩跋，較之詩本身更饒神采，所謂詩之神也，當即指此。讀者諸君，試爲一誦！先生途經湘水，有似賈誼而吊屈原：『一生嗚咽臨唐帖，雙泪滂沱吊楚淵。』（《無題》）即使是温馨之樂，即使是極品詼諧也使詩人泪水潸然。這些泪與屈原九死未悔、憂國傷時之泪，與李商隱的相思之泪，與李賀的慨嘆華年易逝、報國無門之泪是相同的。林凡最愛李賀，每讀這位早慧而不遇于時的天才詩人的詩作而泪如泉涌。孔子云：『詩可以怨』，非虚言也。

林凡的詩多蒼凉之境。關于蒼凉，司空圖作了這樣的描寫：『大風捲水，林木爲摧。……壯士拂劍，浩歌彌哀。蕭蕭落葉，漏雨蒼苔。』（《詩品》）顧翰描繪的悲壯風格也庶幾近之：『易水蕭蕭，送君白衣。歌聲變徵，曲終歔欷。』（《補詩品》）蒼凉境界含有感傷、沉思、壯烈等情感因素。司空圖、顧翰所説的蒼凉偏于悲壯，而林凡詩中的蒼凉偏于感傷、沉思。林凡的個性傾向于細膩、敏感，少年十九作秋辭，更兼飽經風霜，命途多舛，故出語吐詞如杜鵑啼血、幽咽泉流：『梅萼未描無畫寄，霜毛易落怯風飄』（《獨漉》）『牛衣百結青春酷，走馬河東暮色暝』（《七十初度》）。貶謫河東二十年，痛何深耶！先生在極度歡樂之餘也有深深的感傷：『深知我者相逢晚，苦夢伊時別意新。』（《朱樓》）先生在尋找知己，在尋找愛，但每生惆悵。

林凡喜歡用枯藤、枯枝、敗葉、敗草、黄蓬、暮嵐等色彩衰煞的詞語造成一種蒼凉之境。他還喜歡用凝重、凄冷的色調作爲畫面的背景，以廣闊的空間來襯托主體形象，使詩境産生一種特有的蒼凉之美：『寒凝大宇雙翎影，聲咽高秋兩泪痕。』（《鷺影》）『搔首孤吟憐獨影，回眸明月映重嵐。』（《寒潭》）凝寒的大宇，蕭瑟的高秋，蒼茫的暮靄，清碧的寒潭，與形單影隻的白鷺形成强烈的空間對比，一種不可言喻的悲凉感、肅穆感油然而生。林凡的一些吊古傷懷、情繫故園的詩作，多以時空的對比形成一種人生境界的蒼凉。林凡的這種蒼凉之境，來自風雨人生的

深切品味，來自對生命本體的無比珍視，來自志深筆長，慷慨多氣的建安文學，更來自鮑照『孤鶴寒嘯，游鴻遠吟，樵蘇一嘆，舟子再泣』（《登大雷岸與妹書》）的散文意境。

林凡的詩境多入禪，這個禪表現爲境界的虛静空靈。對林凡的藝術創作影響較大的是王維、李賀、李商隱、齊己。林凡在風格上，在形式中，也許迷戀于李賀式的神秘幽邃的思情和奇譎絢麗的想象，但在他的骨子裏，在他的性格中，却更接近王維、齊己式的孤兀高標而又沉寂平和。關于王維，他那秋水芙蕖、倚風自笑的風格多爲人熟知，而對齊己知之者不多。齊己乃林凡的益陽先賢、老鄉，晚唐詩僧。林凡意外讀到這位同鄉先輩的詩作如聞韶樂，如醍醐灌頂，專門發起了齊己研究會，并由此啓動輯録中國歷代僧詩的宏大工程。在《林凡書藝》中，詩人大量地書寫了齊己的名句，如：『雲無空碧在，天净月華流』，『静坐雲生衲，空山月照真』，『萬古千秋裏，青山明月中』等等。林凡詩宗王維，亦偶

涉齊己，自覺不知覺地追求虛静空靈之境。入静是參禪悟道的一種方式，也是一種人生境界和藝術境界。釋家長于静默觀照，沉思冥想，禪定入静是他們獲得般若智慧的主要途徑、主要法門。林凡的詩畫對虛静之境似乎著意追求。追求入定和定後的那種特殊精神感受。當然，在他的愛情詩裏，涉及較少，而筆者所讀到的先生的其他詩文，往往比比皆是。翻開他出版的畫册，給人最突出的印象就是讓人反復、深入、細緻而具體地感受到一份孤寂難奈、難近、難能的心態意緒和情愫。在《林凡風景畫選》的三十多幅作品中，有一半至少可以安上一個『寂』字。讀《寒潭》《御溝春》《榕潭》《高秋》，既能領略出李賀的凄清、憂鬱、深邃和神秘的意味，又能沐浴到王維、齊己拈花微笑般的平和、坦然和澄澈的輝光。

林凡的詩與畫也類似，多以凝神觀照的形式來感悟自然。禪宗的思維重直覺，反理性，喜歡在一沙一世界，一花一天國中窺見自性，悟見真如。『萬方摇落同抒慨，獨立高秋戀夕陽』（《高秋》），『舒捲海天摇曳夢，寒濤一

片立雙鷗』（《海旅》）以及《日將夕》的這首詩，却充分地抒寫了這種禪意、禪境。這裏詩人化作了白鷺沙鷗在凝神觀照，與蒼茫秋色、萬頃寒濤化爲一片，什麽塵世的紛争，人間的寵辱，早已置之度外，甚至連時間的流逝也悄然無知。林凡也善于以有聲襯無聲，使境界進入極度的虚静：『杜鵑啼罷靈空静，錦瑟音過清興滋。』（《夏日出游》）『浩茫素練垂天下，無語寒流燦夜晨。』（《金陵紀游·十渡長江》）琴聲鳥鳴增添了山林的清幽，淺淺江流更反襯了江面的寧静。按：這些詩在《孤吟》中未録，筆者先期披露，亦屬預爲之曬爾！詩人就在這極幽極静的境界裏與天地精神往來，超脱自我。虚静境界并非生命的寂滅，而是生命力極爲旺盛的另一種表現形式，它是静中的極動，動中的極静，寂而常照，照而常寂，就是所謂此時無聲勝有聲的境界。

林凡在《孤吟》中充分地調動了他的跳躂騰挪之技，他追求詩境的空靈。空靈是藝術的生命。天地不空不能容萬物，人心不空不能納萬境，藝術不空不能含萬象。司空圖説：『空潭寫春，古鏡照神。』（《詩品》）喜歡以禪喻詩的嚴羽這樣描寫過唐人的詩歌意境：『如空中之音，相中之色，水中之月，鏡中之像。言有盡而意無窮。』（《滄浪詩話》）林凡深通禪理，晚年的創作自覺不自覺地以禪意入詩入畫，境界空明澄澈。他的畫作化實爲虚，化情思爲景物來表達詩人心靈深處的最深神秘，帶有較多的唯美色彩。在他的筆下，一雙白鷺，一樹寒梅，一彎冷月，一泓清泉，無不是藝術家遷想妙得之徵。已經脱盡塵滓，獨存孤迥。那些無名的根、藤、草、石無不一往深情，無不是遺落人間的一道麗景。題爲《海岸無風》的畫與詩中的松樹，長期在海風吹拂下一律斜長，而仍生機勃勃，這難道不令我們想到飽經磨難的詩人，想到我們飽經磨難的民族，想到我們民族那頑强不屈的精神？對于詩歌，林凡深許『詩有題而詩亡，詞有題而詞亡』的觀點，認爲藝術的美在于給讀者以廣闊的想象空間。林凡詩作中的無題，不僅僅寫愛情，而且也寫了社會人生『明月憑誰論價格，

幽蘭猶自逞鮮妍』(《開篇》)，『隔窗明月誰塗抹，沐雨梨花自抑揚』(《夜畫》)，這裏的明月、幽蘭、梨花都是那樣潔净無塵，悠然自得，是否象徵著聖潔的愛情，高潔的人格，抑或理想的藝術境界或人生境界，可能是，又可能不是。正因爲如此，林凡的詩寄興幽微，空明而朦朧。『好花疏影三千樹，絶嶺浮香一段雲』(《南京賞梅》)，『魚驚萬尾因摇落，雁唳三聲有宿緣』(《夏日出游》)，這裏的疏影浮香，這裏的魚驚雁唳，仿佛看到詩人無著無染的一片禪心，這裏已達到主客爲一，物我爲一。詩人筆下的景物仿佛是純客觀的顯現，而實際上表達了難以言説的人生感受。林凡的詩不少看似賦體，但在整體上已構成寄托遥深的象徵性形象，真正做到了狀難寫之景如在目前，含不盡之意出于言外。

林凡詩風是與畫風的成功嫁接，偏于婉約，偏于優美。翻開林凡的畫册，雖不乏無風的海岸、蒼勁的短松、澎湃的新潮、飛瀉的金泉這些壯麗風光，但更多的是千纏萬繞的山藤、飄浮不定的青萍、摇曳不停的小草、泠泠如泣的山溜這些幽雅景色。讀林凡的詩，雖不乏『海上薰風拂曉妝，驚濤萬頃壓千檣』(《三亞觀潮》)的雄詞壯采，但更多的是『微雨新泉如杜宇，輕風素袷擬天鷄』(《題〈溪風〉》)這樣的珍詞秀句。林凡有一印章曰『妙在渺小』，他爲自己製訂了『小格局、低角度、窄視野』的創作原則。《細愛》一詩，把他的畫風、詩風道得甚爲明白：『小泉小石小神仙，自結羅浮百種緣。半片萍花有生命，一涓晨露匯靈淵。心田妙在存孤弱，清格常標著小妍。我抱乾坤如許大，千般細愛屬天然。』林凡的創作的確是于有限中見無限，于微塵中見大千。正因爲他耽于細愛，纔對生活觀察得那樣細緻入微，寫愛情是那樣纏綿悱惻。但我們應注意到，林凡的詩風偏于婉約，偏于優美，但并不柔弱纖細。因爲無論他寫藝術還是寫愛情，有一種常人莫及的執著爲其内核。如寫愛情：『潔去潔來潔風骨，證山證水證心盟。』(《安安·三》)古人講風骨，『風』指才情，審美趣味，『骨』往往指意志，人格。有風還須有骨。『結言端直，則文

骨成焉。』（劉勰《文心雕龍·風骨》）『生死剛强之謂骨』（荆浩《筆法記》），林凡在詩中，巧妙地引用了《紅樓夢》的詩典，把他和安安的情事結合起來，適成佳構，風與骨達到了完美結合。

林凡詩宗李賀，詩的藝術結構摇曳多姿，確有詭譎的一面。從宏觀上看，頻頻跳躍，而又渾然天成。林凡已衝破七律起承轉合傳統的結構方式，惟意所之，惟境所適，于規矩繩墨之中見風采才華。詩歌結構相對于散文來説本有較大的跳躍性的特點，但林凡的這種跳躍較大、較寬。各聯往往可獨立成爲一組鮮明生動的藝術形象，而詩人採取組接剪輯的形式來展現瑰麗的意境。這種結構方式多見于李賀，李用于古體，而林用近體，純任天機自流，天馬横空，這的確是大膽的藝術嘗試。這種組接剪輯方式往往容易造成各聯之間的跳躍空間，近乎電影的蒙太奇，强化了各聯之間境界的對比，但也給讀者的理解帶來了一定的難度。如《開篇》中的頸聯，不是一般的承轉，而是改變了筆法，與首聯、頷聯拉開了較寬的距離。《無題·綺霞彌漫影熒熒》一詩，各聯都有鮮明的形象，形成了較寬泛的跳躍空間。林凡的這種獨具一格的跳躍性藝術結構，當然不是鬆散的，無序的，反傳統的，而是嚴謹的，工巧的，尊重傳統而又有所突破的。他的結構是于變化之中見工巧。林凡工于發端，古人云，律詩之難，不難于中間兩聯，而難于發端與收束。林凡詩的發端能以奇突的意境振領全篇。或對景起興：『扁豆花開細雨天，「危紅」「險緑」兩相憐』（《無題》），繼下來的却是『當年短巷纏綿月，未照寒窗邋遢箋』。這種以上聯起興，而繼之以詭譎無端的兩種情況的描述，確有鬼斧神工之妙。又如以比起興：『三月洛陽無好雨，先生一世少春天。』（《無題》）或以倒插起興：『百字詩函證夙緣，孤吹結習著芳妍。』（《孤吹》）這些起興如萍風初發，勢欲捲浪。中間兩聯亦甚見功力。或寫景，或言情，已突破傳統格律一般先寫景，後言情的套式。對仗不偏枯，不板弱，多用反對，精切而渾成，工密而古雅。有時故意不對，有時故作拗體，但

仍古樸自然，任思蕩八荒，神游萬古，呈一片化機之妙。林凡也巧于結尾，多以景語作結，如登山臨水送將歸，辭盡意不盡，如『拄杖扶携蝦子渡，江濤初静月黄昏』（《竹聯》）、『百笏巉岩將日夕，空潭泉涌一悠然』（《日將夕》），均給人以餘音繞梁，三日不絶之感。而『明朝又向何方去，一二三四五點鐘』（《王胡村》）尤清新自然之至。

林凡詩宗李賀，造語尖新，秀句雲來，英辭雨集，而又妙趣横生，非同凡響。林凡詩宗三李，想象飛騰，幽思泉涌，詩中多有絶妙的比喻。如用中流砥柱、霧海孤帆象徵愛情力量之神奇：『砥柱蓬山排浪立，孤帆霧海薄雲征』（《愛之城》）；用天衢昏暗、濁浪翻騰隱喻政治風雲之險惡：『温風乍現天衢暗，濁浪初開海角腥』（《七十初度》）；用海上玄濤、雲中紫電比擬書風變化之晨奇暮詭：『忽驚海上玄濤涌，更詫雲中紫電撾』（《論書》），均給人以新奇的美感。林凡還特别注重語言的色彩美。詩人對色彩甚爲敏感，特别喜歡用清淡素潔的色彩來狀物抒情：『九華峰翠太離迷，百繞千回過碧溪』（《登山》）、『底事歡歌般若臺，緑梅青月碧螺杯』（《無題》）、『白冠白袷白雲天，共舞南山北水邊』（《游仙》），一個爲三種清冷之色，一個爲三種清白之色，這些清淡的色澤創造了一種清新明麗的意境，也仿佛窺見了詩人雪潔冰清的人格。林凡還善于用不同的顔色映襯，使詩歌五色交輝，如入畫中：『緑蕪蕩過黄埃逝，碧藻飄殘白髮毵』（《寒潭》）、『玄雲白竹微茫笛，紫苑黄花噼剥箏』（《賞梅》）。林凡還運用昏暗、衰煞、蒼老的色調創造一種蒼凉境界。林凡善用通感，如香可以『寒』，雲可以『重』，眉目可以『青緑』，故事可以『香』。凡此種種，形成一種特有的林凡語彙，形成特有的詭譎之美。

近一百四十篇情愛之詩，而托之于極爲程式化的七律，藝術上却没有受到制約，事實和心境没有受到折衝、斫削，先生真是苦吟孤吟而成詩者。從筆者初讀林凡先生的《開篇》一詩到《終極之旅》，長達十年，個中確有應言而未言者，亦確有已言而未盡意者，就真實之情感，辛酸

之詞句讀之，先生這位真誠的老藝術家之詩是極爲令人折服的。古之所謂情之極致，惟誠、惟堅而已。十年的過程，人事滄桑，特别是安安的含恨故去，更加重了這種不足爲外人道的真摯感情。一本真誠的愛之詩，其作者永遠游離于『那邊楊柳月溶溶』的期冀悵望之中，永遠孤苦顛沛流落于一般正常人的生活之外，誦此而不動容者，難矣！筆者對林凡先生，對這本《孤吟百律》當三致意焉！

林凡先生這部《孤吟百律》，涉及的是三位女性，而凸現的却是林凡先生對她們的一往深情。歷史上很多藝術家厮守著一個愛侣，風雲突變、雨雪交侵而不改初衷，當然這是彌足珍貴的。但環境的變化，人事的滄桑，詩人的情愛之光，投向了新的目標，就不能説詩人的操守有了問題。古往今來，此種同樣綻放令人感喟的情花，這是客觀現實造成的。世人誦蘇東坡的『十年生死兩茫茫』之句，未有不深爲所動者。而東坡先生一再受貶，苦困無加，設無朝雲這位偉大女性的朝夕相依，生死與共，恐怕坡公的晚年更加凄凉，甚至可能客死蠻荒之鄉，委身瘴癘之地，後人就讀不到那些千古不朽的沉鬱名篇了。鄭板橋二十三歲與同邑徐氏結婚，恩愛清寒地度過許多年，而鄭公三十九歲時徐夫人病殁，四十五歲時鄭公貧困之極獲程羽宸資助，始得與一見鍾情的饒五姑娘結婚，情投意合，生兒育女，愛情的力量成就了鄭公藝術事業的輝煌。由此觀之，男人的一半是女人，一陰一陽之謂道，愛情的確是人類聖潔崇高的一種情感。林凡先生先後與三位杰出女性結爲連理，是傾心熱愛這三朵金花的，她們也以蘭質蕙心、柔情俠骨來支撑林凡的精神大厦，揚起林凡理想的風帆而渡濟滄海之岸。

《孤吟百律》説不完，道不盡，在愛情詩中奇葩獨艷，鑽之彌堅，仰之彌高，探之彌深，撫之彌廣。可借先生自己的兩句詩來作結：夕陽寒影蕭疏畫，暮雨微吟繾綣詩！

開篇

小憩江窩恍是仙，
浮丘高處枕花眠。
可憐有夢難收拾，
收拾無聊劇可憐。
明月憑誰論價格，
幽蘭猶自逞鮮妍。
江南此去三千里，
且趁春風聽杜鵑。

予年七十，尚侈言情愛，乃奇事也。奇事當見于奇世。七十年來，所遇者多，所獲者寡，有念及此，不禁赧然。此種胸臆，唯予自知，而不足爲外人道也。今當行將入木之前，能筆之于詩，叩虛課寂，言情述境，詩友許以『淡而彌哀，窈而彌妍』『沈咽多風，綺思多變』，實多揚褒。然亦聊可報上蒼之施授，答時代之寵眷云爾。

《孤吟百律》，原名爲《羅浮吟》，乃予抒寫六十年來感情與藝術生活之一組七律。《羅浮吟》由蔡若虹、范曾、沈鵬諸先生賜詩賜序。并録清人胡亦常《定情詩》五絶弁于卷首。本擬一仍其舊，然一生所遇，事發多端。卒于八十暮年，仍作孤棲，雖云不幸，然亦奇事之一端也。倘昧于此，實深愧怍。乃以各端總而爲一，易以今名。之外，予詩作雖于十年浩劫中，損失太半，然尚有《畫壇詩柬》《孤吟行脚》等，當另謀整理付梓。

●首句『江窩』係引自『桃花江是美人窩』之著名歌詞。

●離桃花江城僅十數里之遥，有浮丘山，爲湘中名山。

無題

披髮騎鯨薄海歌，
拈花對酒小昂俄。
蒼茫一世塵間劫，
屈曲千山指上螺❶。
葉落旁溪驚日暮，
月迷前嶺見星羅。
雲飄萬里長空壯，
草木浮生古夢多。

沈鵬先生贈詩中有『魂魄三生拜玉溪』之句，蓋以予詩中多有『無題』之作，一如玉溪生之無題詩也。無題，實有題也。沈鵬先生深諳余心，故作此語。『浮生古夢』蓋言予之偃蹇，事發多端，而竟時作天真奇想也。

❶指上螺：用辛棄疾《水龍吟》句意。

烏靴

桃花江水美人魂，
眉語眸神水樣橫。
縷縷青絲花約束，
飄飄素袷玉温存。
武陵顏色南山雁，
燕并風神楚國根。
一對烏靴百升米，
珍珠如粟記殊恩。

《烏靴》實爲予青年校園生活之寫照。學生會演出予作《理髮院》，道具服飾皆借自鄰家，劇中予所借皮鞋，不慎遺失，同學安安竟以學費代爲償付。此予一生中所最耿耿心臆中事也。

●眉語：謂以雙眉舒斂傳示感情。眸神：言雙眸靈動如神。

嫁奩

燕南細柳燭熒熒，
北伐兵書挂劍幢。
『保障西南』黔嶺壁，
馳驅江海楚天雄。
黃銅盾墨標勳業，
紅拂詩碑鐫俠心。
指點畫屏當嫁奩，
金龜婿屋可藏珍。

吾鄉何宣將軍，北伐時率師首克北平南苑，厥功至偉。將軍字嘯夫，雖爲武將，然雅好文藝、書法、詩文，冠絶鄉里。傳李靖紅拂曾漫游湘渚。將軍祖宅後有紅拂墓，將軍爲之修葺一新，并撰聯書于墓側：紅拂有知應識我；青山何幸此埋香。安安爲將軍幼女，時作歌舞娛親，將軍稱安安選婿，當爲書畫詩文作手，庶幾始稱予懷。將軍此意不期言中。庚寅之春，予已先期參軍，安安曾以數十幅古今書畫作品賚予。予却之不受，而力促從軍，乃成新疆湘女中之一員。

●桂林象鼻山鐫有何宣將軍手書『西南保障』四個大字，即將軍在抗日戰爭中，表示與河山共生死之决心。在抗日戰爭中，將軍亦累戰累捷，厥功至偉。

●將軍北伐，首克北平。製銅墨盒，以慶勝利。墨盒上鐫刻字樣：民國十七年四月十日本師奉令北伐，至九月二十三日殲敵于灤河西岸，告厥成功，雙十節大閱于唐山，以申國慶，并誌本師成立週年。爰磨盾墨，效勒燕然。兹當凱旋，製此紀念。師長何宣贈于北平。

嫁奩

燕南細柳獨勞勞、
北伐兵書挂劍幢。
『保障西南』題賓壁、
馳驪江海楚天雄。
黃銅盾墨標勳業、
絳拂詩碑鐫俠心。
指點畫屏當嫁奩、
金甌婚屋可藏珍。

吾師何宜將軍，北伐時率師首克北平南苑，厥功至偉。將軍字瀟夫，雖為武將，然雅好文藝、書法、詩文，冠絕鄉里。傳李靖紅拂曾漫游湘浦。將軍祖宅後有紅拂墓，將軍為之修葺一新，并撰聯書于墓側：紅拂有石應識我，青山何幸此埋香。安安為將軍治文，時作歌舞娛親。將軍拜安安為師，當為書畫詩文作手，庶幾紅拂子孫。將軍此意不期言中。庚寅之春，予己先期參軍，安安曾以數十幅古今書畫作品贈予。予之不受，而乃投筆從軍，乃成新疆湘女中之一員。

●桂林象鼻山鐫有何宜將軍手書「西南保障」四個大字，即將軍在抗日戰爭中表示與河山共生死之決心。在抗日戰爭中，將軍亦屢戰屢捷，厥功至偉。

●將軍北伐，首克北平。獲銅墨盒，以慶勝利。墨盒上鐫刻字樣：民國十七年四月十日本師奉令北伐，至九月二十三日殲敵于灤河西岸，告厥成功，雙十節大閱于唐山，以申國慶，并誌本師成立週年。爰鑄盾墨，效勒燕然。效當凱旋，覩此紀念。師長何宜題于北平。

湘女

八千湘女上天山，
陣列江干桔柚丹。
上將開懷憐細女，
美人稱意據雕鞍。
燕樓盼盼音容好，
虎塞安安想像難。
血汗玉門歌舞地，
塵迷霧掩夢中看。

庚寅秋，新疆征湘女入建設兵團，乃有『八千湘女上天山』之事。安安以少年學子參與其中。安安善舞，一兩歲間，即脱穎成軍中獨舞大家。初，尚通魚雁，而予復輾轉南北戎行中，未通音問，遂失舞影音踪。故此迷離于塞草塵沙中之同學少年，只能于夢寐中想像而已。

●關盼盼：唐人，善歌舞，爲尚書張愔所納。尚書歿，居燕子樓十五年不嫁。白居易探樓，以詩諷其偷生，盼盼乃和詩，泣而後死。

沙月

秦漢關前柳絮稀，
凋殘芳草影凄凄。
長安街上孤吹客，
桃谷山中斷齏棲。
飄墜人寰蘭蕙瘦，
按歌胡旋夢魂迷。
當年梟哭聲聲惡，
沙月雷驚萬壑啼。

安安以刻苦迷戀藝術的精神，領演《新疆大歌舞》并拍成影片。不意影片在送往北京洗印途中，飛機失事，三年辛苦，頓成泡影。安安命蹇，此爲首次不祥之兆。其後接二連三，均成惡讖，思之黯然。

●斷齏：斷齏畫粥，形容貧苦力學。范仲淹少時家貧，以斷齏數莖，入凝成膠粥中，隔成塊狀，分而啖之以充飢，而後艱苦力學，遂成名相。己丑至庚寅間，安安父母雙亡，與家人苦棲于桃谷山中，幾至斷炊，而苦學如故。

●胡旋：古樂舞名。

紅莓花

洞庭消息已初知，
舞影歌踪未可疑。
柳色驀然摇玉塞，
清香別格入瑶池。
横波約略人傾目，
斜月玲瓏緑到眉。
從此霓裳三百曲，
紅莓花發薄雲吹。

癸巳初夏，羊城木棉，燦如雲錦，而不意于幽巷月迷之中，重獲仙踪。柳色、清香皆係歷數當時舊事也。五十年來，三歷碧津渡口，三宿白竹園，竟成我羅浮聖境，良有以也。

●《紅莓花開》：解放初期，前蘇聯之文化藝術對吾華青年生活，影響至巨。畫中之《歡樂的原野》、小説中之《鋼鐵是怎樣煉成的》、歌中之《紅莓花開》等皆屬此類文藝作品。

紅藥地

西山北海月如鈎，
什刹瀛臺作小游。
一笑褰裳紅藥地，
雙凫打槳緑萍洲。
舞踪長白三千里，
畫格燕南十六州。
歸去銀河未迢遞，
香窠一洞豁然收。

未幾，予與安安均先後調京供職。于偶然間，重獲音信，乃有褰裳紅藥地，打槳緑萍洲之快事。朝鮮自稱三千里江山，抗美援朝時，安安均以舞藝遍訪。丁酉春，予與安安結縭之夕，香窠墻壁豁然裂洞，我倆僅能坐擁達旦。次年戊戌，予即以故獲譴。故此，人稱『惡兆』。

驪珠

驚雷莽莽薄天寒，
月暗星沉獨倚欄。
青鎖日扃仙婿哭，
紫臺夜飲錦筵殘。
上清風雨雖無定，
下國琵琶豈可彈。
楚澤屠龍真有膽，
驪珠獻作上皇冠。

《淮南子》言竭澤，《莊子·列禦寇》言驪珠，予并而入詩。識戊戌之史，始知矛盾之端由也。六十年前，戊戌六君子死于屠龍之手。六十年後，予與數十萬人，又重罹此難；天以百凶能成就幾多藝術，幾許人才，未能屈指以計也。戊戌，迨凶歲乎！

●驪珠：古代稱驪龍有逆鱗，而其頷下之珠極爲珍貴。乃有竭楚澤、屠驪龍、批逆鱗、取驪珠之事。安安無愆，而卒連坐而不能幸免。象之有牙，而遭人屠象；龍之有珠，而引人屠龍，皆一種情事也。

無題

三月洛陽無好雨，
先生一世少春天。
秦宮漢闕高難過，
矮燭殘燈暗可憐。
踞座談經名相滅，
憑欄說劍濁濤蠲。
荼蘼朵朵開無謝，
月影參商幾缺圓。

藝術之至高境界，確非一蹴而就者，然秉燭挑燈，刻苦創制，仍可以補藝術天賦之不足，而談經論劍，踞座揮觴，則適可紓藝術創作時所引發之鬱悶、困惑。此前，予曾隨友人泛舟洞庭，談及藝術，談及民主，皆爲若輩引爲言徵。爾後，安安稱：『若能聚首洞庭，或能免遭戊戌之難。』而予謂：『幸未聚首，不然，定兩兩成囚，更多苦痛。』蓋屠龍之手當不會止于鶼鶼鰈鰈也。

●名相：佛教用語。耳可聞者曰名，眼可見者爲相。宋蘇軾《宸奎閣碑》：『是時北方之爲佛者，皆留于名相，囿于因果。』

●濁濤：喻品格卑下者。《舊五代史·梁書·李振傳》：『此輩自謂清流，宜投于黃河，永爲濁流。』

獨漉

正月河風似剪刀，
廿年客晋楚魂銷。
月迷歸路幽并泪，
水濁孤征獨漉謡。
梅萼未描無畫寄，
霜毛易落怯風飄。
詩絲縛夢真成繭，
猶自低徊過板橋。

河風似剪，楚鄉晋客，并泪幽吟，昔人有此遭遇者甚少，而恰與予里籍身世相類，與李太白《獨漉篇》中之沈鬱蒼凉相擬，而終少『爲君一擊，鵬摶九天』之慨，宜其困淪鬱結也！

●幽并：予從北京流謫山西太原，太原古稱并州。幽州，古地名，今河北北部，遼寧南部，均與北京相鄰，古稱幽并。

無題

此日流泉此日風，
小庭漠漠月蒙蒙。
無憑春訊芳顔悖，
一席秋風錦瑟終。
短巷月明三酌酒，
長天霧塞九秋蓬。
畫圖自此無人賞，
昂首君山白髮翁。

初，人以爲放鳴乃春天佳訊，未幾驗之，均成虛誕。至今近半個世紀，人們仍

忉忉不已，痛怛之深，將何以擬。

●君山：史稱，有多處君山可指。予之所指爲湘山，洞庭山。《山海經》：『洞庭之山……帝之二女居之。』予家處于洞庭南側，故自稱君山老人。

無題

底事歡歌般若臺，
綠梅青月碧螺杯。
定回續夢連心曲，
萍散遺踪混屐埃。
一騎黃塵揮泪去，
三秋白袷杖藜歸。
多情最是韓熙載，
錦幄千重鼓鈸開。

揮泪燕原，杖藜山右，二十年雨雪冰霜，又豈獨能爲千重錦幄、萬幅銀屏中之韓熙載輩所了了耶？

●般若臺：佛教《大智度篇》稱：「一切諸智慧中，（般若）最爲第一。」予借用此詞形其爲智慧快樂之所。

●定：佛教用語。三學或六度之。謂心專注于一境而不散亂。從這種修煉的狀態中返回來，當稱定回。唐元稹《定僧詩》：「野僧偶向花前定，滿樹狂風滿樹花。」

●韓熙載：五代濰州人，工文章書畫，名聞京洛，才氣逸發，爲時流之冠。著名畫作《韓熙載夜宴圖》，即描繪其宴飲狎客之狀。

名畫作《韓熙載夜宴圖》，即描繪其宴飲和客之狀

●韓熙載：五代濰州人，工文章書畫，名聞京洛，大氣遊發，再臨流水之區。當懸中原回來，當稱定回。唐元稹《定僧詩》：「野僧偈向花前定，滿地狂風滿樹花。」

●定：佛教用語。三學或六度之一。謂心專注于一境而不散亂。從這種修煉的狀用此詞形其爲智慧快樂之所。

●般若臺：佛教《大智度論》稱：「一切諸智慧中，（般若）最爲第一。」于譜韓熙載事迹了了耳。

孤吟宿韓

兼題

二三

轉洹燕原，秋泰山右，二十年雨雪來歸，又豈道漂泊千里重鄉懷，萬語寧與中之

錦帳千重鼓鈸開。
多情最是韓熙載，
三秋白給杖藜歸。
一騎黄塵揮別去，
洋散遺踪混履灰。
寧回續夢連心曲，
綠梅青月碧螺杯。
底事徹歌般若臺，

兼題

佛頭和美意

丹青狼戾品相妍，
處處無招竟率然。
人道佛頭能著糞，
我懷美意可延年。
海天故事三更聽，
溝壑文章四野傳。
一拂晨風蘇大宇，
繁星小月落窗前。

自戊戌始，二十年中，種種離奇，種種荒誕，予皆率然處之而已。『佛頭』『美意』一聯，竟能傳誦一時，蓋能稍洽人生三昧也。『海天』『溝壑』一聯亦因深切時病，而能流布于時下。

佛頭和美意

丹青狼戾品相妍。
處處無枯竟寧然。
人道佛頭能著糞，
我疑美意可延年。
海天故事三更聽，
詩墨文章四野傳。
一佛晨風旋大字，
繁星小月落窗前。

自度友好，二十年中，種種離奇，種種荒誕，早皆幸然逐水而已。一佛頭三美

意一一睹，竟能追溯一年，甚能猶合人生三昧在；海天一一數一篇，亦因深切有所思。

而能流市千輯了

代安作

珠袜當胸空膊窩，
烏眉烏鬢著烏羅。
六么獻舞三門殿，
一夕相思九曲河。
大劫醍醐每兀傲，
小春沈静怎消磨。
先生騎馬河東去，
夜半傷心只唱歌。

此詩八句，四個對比，誦者每以爲佳。湘中詩友以爲『大劫』『小春』一聯，尤其蘊藉沈痛。予詩作不多，即使有作，亦以情爲尚，皆無補于時，更無補于名教，徒以存風雅、傳情性而已。然自度有數句能永綴于人口，亦聊堪告慰于親友者也。

●袜，音漠，胸衣也。

●醍醐：佛教以醍醐喻佛性。

麥草

人生如寄太倥傯，
已是殘陽薄古原。
麥草一窩聊繾綣，
土崖數丈當昆侖。
梅花畫罷無深意，
詩句初成太婉温。
何必忉忉人負我，
負人總是仗龍恩。

予自北京謫逐，此五十年前舊事也。宜其淡却，然偶一觸及，輒痛怛不已。所謂我負人，人負我者，皆路盡思窮，想忽開一境了却心事者所爲也。

禮佛

一入伽藍自在天，
参同心契共留連。
人間難得開懷笑，
佛國心應濟世堅。
聞道碧雲散花雨，
偕登衡岳證仙緣。
萬千香國兜羅手，
粉墨丹青兩上仙。

予與安安俱畢生從事藝術事業，亦畢生崇尚佛教文化。佛教文化之最可貴處乃寬厚包容、慈悲兼愛。予生垂盡，于佛教文化自以爲尚有貢獻：臨摹壁畫、編撰僧詩、設計梵宇、製作法相，可謂歷數難盡。予以爲施與受比，更爲有福。故每聆梵唄，輒心神俱净；每登蓮境，輒梵我兩忘。愛，在此更醇、更净、更美！安安當亦領此。

●碧雲寺：湘中名刹。

摹畫

環佩珠纓響暮空，
千秋圖迹鬼神功。
冬晨待詔清凉寺，
暑夜研朱永樂宮。
絕憶寒燈摹古佛，
更無青鳥慰衰蓬。
先生脉脉雙枯眼，
畫個『猴神』想象中。

宋畫院中人，均稱『待詔』。上世紀六十年代中，予偕潘絜兹、常沙娜諸先生，

臨佛光寺、永樂宮、青龍寺、稷山寺等唐宋元明壁畫，畫友均相互戲稱爲『待詔』。此種經歷，極爲難得。數月辛勤，成予丹青技藝之基本功課。後，語之親人，均以爲若乘機進修，則藝壇駸駸之功，可于斯爲尚矣。

●『猴神』爲永樂宮壁畫中最具神采之形象，爲永樂宮藝術之形象代表。予曾臨作一本以遺安安。

●清凉寺在五臺山，永樂宮在芮城，一爲佛教聖地，一爲道教聖地。

摹畫

環佩珠瓔響碧空，
千秋圖迹鬼神功。
冬晨待詣清涼寺，
暑夜研朱永樂宮。
絕憶寒燈摹古佛，
更無青鳥認蒼蓬。
先生脉脉雙睛眼，
畫[illegible]一[illegible]神一想象中。

宋畫院中人，[illegible][illegible]一[illegible][illegible]。上世紀六十年代中，于[illegible][illegible][illegible]，常[illegible][illegible]先生。

[illegible]光寺、永樂宮、青龍寺、[illegible]山寺[illegible]唐宋元明壁畫。畫文均在[illegible][illegible]真[illegible]一[illegible][illegible]一。

此種[illegible]壁，[illegible][illegible][illegible][illegible]，數百年來，成千上萬青年學人之基本功課。[illegible]，[illegible][illegible]數人，[illegible][illegible]為

古[illegible][illegible][illegible][illegible]，且[illegible][illegible][illegible][illegible][illegible]八方，且千年[illegible][illegible][illegible]。

●「朝元圖」為永樂宮壁畫中最具有宋人之形象者，為永樂宮壁畫之代表作[illegible]。[illegible]
[illegible]年一本以[illegible][illegible]安。

●清涼寺在五臺山，永樂宮在芮城，一為佛教壁畫，一為道教壁畫也。

梅林

蒙蒙晨霧濕雲巾，
幽徑相携訪故人。
一嶺林花香正好，
十年顏色愛何真。
盈盈紅萼蓬山泪，
寂寂清波楚澤蘋。
心結春冰千萬點，
是詩是畫是梅神。

『心結春冰』，此實景實情也。予所作百本梅花中，竟無一幀有此境界，筆拙也！爾後當試爲一畫。予倡言『小格局』，若無從細處着眼之苦心，又奚論其精、深、淵、邃也哉！

寫生

扶笻挽臂爲尋詩，
雨過晴回漲小池。
大野青蒼圖百本，
微吟依約酒三巵。
蟲魚事業誠如此，
草木神仙應是斯。
君伴碧溪留鬢影，
春山供我畫圖兒。

寫生有樂，亦有苦。面對雄山大壑，恣情泉石松筠之美，往往神魂飛越，竟不知安安尚携兒撐傘摇簦于身側。此放懷四野，忘情天地之樂也。而登奇涉險，無飲無餐，飢渴疲苶，莫可名狀，爲又一際遇。憶河津、侯馬等地寫生時，飛瀑瀉空，伸手濕袖，然臨虚萬丈，咫尺有泉，却可望不可即，欲掬一口泉以濡唇而不得。及至歸途，竟疲卧不起。此種苦况，實非畫者不知。予詩主情，苦樂均不及此！

●「蟲魚」「草木」，又是頸聯！

僞泉

走馬詩人酒一壺，
忽驚難老古泉枯。
金荷暗淡摇殘葉，
玉柱輝煌畫錦凫。
一片亂星新月冷，
千秋僞水故園蕪。
青蓮舊墨遺香在，
新架朱欄護旱蒲。

晋祠難老泉，汩汩已歷數千載，不涸不竭，題咏不絶。大躍進時，因汲引過甚，乃至枯竭。今輪泵抽引，山泉滔滔不息，似復舊觀，知者稱爲『僞泉』。幸太白遺香，尤足千古！崔繹有句云：『此泉不洗千年恨，留與行人戒覆車』，誠言婉而意達也！

●青蓮舊墨：晋祠有李白手書詩句，至今引爲晋祠之寶。

支離

支離一夢已經年，
跣足蓬頭總率然。
釣尾小魚長約寸，
拓篇殘碣短無邊。
生來每有林山習，
老去何期琴瑟緣。
藻蕩萍飄三十載，
打頭風雨並頭蓮。

《莊子·人間世》云：「夫支離其形者，猶足以養其身，終其天年。」予能如此否？

友人稱『林山之習，琴瑟之緣。聚于一聯，雖稱的當，而「魚」「碣」十四字，尤堪傳誦』。予以爲詩亦如人，支離其語，乃能得其妙，實蟲魚之智也。

竹聯

家山携侶返溪村，
秋雨秋風拭泪痕。
白竹迎人太零落，
緑筠拂我可温存。
錦聯字字留新句，
綺夢雙雙寄故園。
拄杖扶携蝦子渡，
江濤初静月黄昏。

人之有鄉情，古今皆一也。予曾兩次在湖南益陽舉辦『咏竹聯展』，各展出咏竹聯四十副，售出所得三十萬元，捐故鄉助學。

●白竹園：予祖居益陽赫山區白竹園村，村極小，僅十餘户。予近年來擬偕家人建『白竹園藝術館』于赫山，不知能否可行。

病筆

崛岳迤邐暮靄生，
汾塬失語踏莎行。
枯荷一雨成鼉鼓，
短笛無腔作鳳鳴。
病筆廿年無畫作，
揚塵百里掩詩名。
樓頭正譜相思曲，
岳苦河淒泪并傾。

憶五十年前，因直道而黜居山右二十年，其後，攜兒女舉家離山右返京，所有行止，皆游移無定，故作無腔之唱。而今所有安排，又往往在過于肯定之追求中失去活力，雖能脫禍，終因謬妄而北去。兩重心事，不知孰可。

●太原郊區有崛𡺸山，晋人稱崛岳，言其高峻葱鬱也。

神籤

白冠白袷白雲天，
佚宕文林藝圃仙。
墨海朱桑逃濁劫，
幽花瘦石總孤妍。
清歌幸自傳千佛，
好酒應須醉百年。
昨夜陶園同枕藉，
晨興争付卜籤錢。

某日，晨興之前，余與安安均默禱蒼天；後皆應驗，如所祝禱，乃有争付卜金之事。

此詩雖五十六字，而『清歌』『好酒』一聯，譽傳爲佳構。亦神籤所驗證之果也。

●梁簡文帝《玄虛公子賦》：『追寂圃而逍遥，任文林而佚宕。』

●余作爲畫人，每物均狀以色。某日，觀展，湘中名畫家柯桐枝先生有印鈐書于畫，印文爲『好色之徒』，益堅信丹青作手之心性相同也。海爲墨色，桑作朱色，即此之謂。

●陶園：太原汾河岸築藝術園林，市政府囑予命名，予名之爲『陶園』。此新世紀之事也。詩中預稱如此。

無題

翠襪紅鞋趿躐歸，
鬼燈明滅點冰苔。
天邊小月迷香徑，
嶺角高星燦古槐。
艷羨寒柯能托月，
生憎濁世且銜杯。
南山老樹千花落，
一瓣烏梅點玉腮。

俄羅斯畫家弗魯貝爾（一八五六—一九〇一）所作皆民間童話、俄羅斯風情畫。

其名作《天鵝公主》（一九〇〇年）凄詭冷艷，讀此畫已五十年，竟無時或忘。予將徐圖以此種手法作畫，今先期以詩作爲引，詩成，竟莫之所可。近乃作《佛惑》等十數幀，自我報命。

●予兒時，繞長者膝，聆鬼怪故事，多以『翠襪紅鞋』形諸神女巫仙，可與弗魯貝爾畫作相印證，亦東西文化中之奇事也。

游春

未央宮裏可藏嬌，
百八神仙一世標。
人自低昂花自艷，
風難拘束月難描。
長安日暖清都殿，
杜曲香流白板橋。
錦帽貂衣無異彩，
塵襟雨笠最魂銷。

予于山右始作《百女游春圖》，後于京城成之，長過八丈，畫中人物近二百。至今與影子各藏一段，無法連成整幅。近聞富春山圖故事，而《游春圖》則恐此生無法使之合而爲一。

往昔，此類作品，多寫貴族生活，脂粉盈頰，珠翠滿頭，裝模作樣，一派酸腐，予乃一改舊習，以漁姑、鴨姐、船娘、厨婦入畫，丫鬟使女側身夫人小姐之間，乃獲生趣，乃得人理。觀予畫，應非巧言惑衆，僞飾邀寵者。

●未央宫、清都殿、白板橋、杜曲，皆長安宫觀及地名。因《百女游春圖》所畫係唐裝仕女，故以此入詩。

高秋

引領雲天蕩莽蒼，
蕭騷白首醉歌長。
劫餘大塊嶙峋艷，
夢後微星瑟縮芳。
呼吸花香羊角嶺，
參差月影馬鬃岡。
萬方搖落同抒慨，
獨立高秋戀夕陽。

予畫《高秋》展于遼河，有青年畫者，觀後，贊曰：林老此畫當入藏國家博物館！

予二十年前，創建中國工筆畫學會，亦有爲我國工筆畫事業奔走呼吁之意。予作此畫，僅草、石、鷺三者而已，簡極生神，予之所盼；偶得旨趣，輒興快感。早歲，負笈滬瀆，家兄以予恣縱散誕，不尚群游，時作獨處。數十年故習不改，《高秋》，予之神也歟！

● 羊角嶺、馬鬃岡，皆借用地名，以狀山西牧區生態情狀。

墨梅

三百年來一壽門，
圈圈點點借梅魂。
王郎抱素遺顔色，
華尚圖神托語言。
互挽裙裾碧津渡，
初探清淺緑萍村。
柳髡月剪幽花瘦，
古墨和硃寫玉温。

壽門：金農；王郎：王冕；華尚：花光，皆畫史中之善畫梅者。近十年來，作梅三百本。由繁而簡，由簡而繁，構圖、背景、情趣、意旨，皆時變時新，時獲高譽。而墨梅數本，爲余作之翹楚，安安有督促之功。蓋已標舉『抱素』『圖神』之要旨使然也。

靈蛇

滄海長空綻暮霞，
九天已報斬靈蛇。
崇陵新灑千秋泪，
大道初馳七寶車。
微月一簾看仿佛，
深愁幾段感咨嗟。
可憐腐水遺香杳，
誰復憑欄數落花。

《楚辭·天問》稱：『一蛇吞象，厥大何如。』予詩之所謂『靈蛇』，即吞象之蛇。小則禍人，大則傾國，皆靈蛇也。友人告予曰：靈蛇既斬，腐水無香，又奚足沈吟咨嗟爲？

故園

竹簟初開梔子香，
魚枯沼竭舊蓮房。
雲迷銀桂仍明月，
霧抹金烏亦太陽。
晤對故園新感覺，
皈依命運大行藏。
一宵亮篾搖花影，
魂夢依依別故鄉。

癸未偕安安、目目等返鄉祭祖，尋五十年前舊宅及兒時嬉戲之蓮房，惜均已夷爲田地，杳不可見。白竹園中，除山鷄剥啄，新竹蕭騷外，已無餘物可憑吊。然蓮房花影，猶仿佛有數十年前餘意，仍可繫游子鄉思也。

●亮篾：湘人剥竹皮，灑石灰浸于池沼數十日，取出曬乾，燃以照明，人稱『亮篾』。

青草湖

携手清吟一艇孤，
長篙擊水起雙凫。
苦心蓮子當珠串，
酸味梅湯灌酒壺。
帆上題詩花鼓調，
船頭貼紙鬱壘符。
洞庭百里長堤曉，
春雨濛濛青草湖。

八百里洞庭在『龍口奪糧』口號蠱惑下，已被大面積圍墾，六年前，朱鎔基總理撥巨款修理長堤，已使洞庭重理新容。陸國柱先生挈余等游青草湖，春雨春風，一湖新綠，清景無限，清興無加，乃成此律。

●青草湖：位于洞庭湖南側。

●花鼓：吾鄉民間歌舞，稱『花鼓』。『劉海砍樵』即其中著名劇目。

●鬱壘符：神荼、鬱壘爲古時傳説中的門神，主閱領萬鬼。鬱壘符，即桃符，民間多貼在大門上；船家亦用來貼在船頭上，以祝平安吉祥。

無題

江國千山泣杜鵑，
楊高柳老尚纏綿。
一生嗚呃臨唐帖，
雙泪滂沱吊楚淵。
詩酒年年多譽毁，
歌吟夜夜徹林園。
寒山涷水無姿態，
畫盡梅花又一年。

予老矣，所作梅花數百本，流布人間，藏于何家？懸于何室？實不計，亦不知也。

丹青托命，不妨留與他人飾壁也！戊戌六君子之康廣仁詩中有『好花留得與人看』，當爲此解作證。

優曇花放

花泪低垂惜宿緣，
一花一蕊著清妍。
金裝慘淡成泥偶，
大野凋零似暮天。
狼戾而今嗔上帝，
枯榮末世拜巫仙。
優曇一放三千歲，
五濁人間幾十年。

陳去病先生《有悼》一詩曰：『幻影空花太渺茫，挽留不得幾回腸。優曇一現真無邪，蠟泪低垂只自傷。』予老矣，無復有『優曇』重現之份矣。一九五六年，羊城曇花偶放，予曾赴流花湖觀賞，二十年後，重現曇花；再二十年後之改革開放，亦可作爲優曇花發也。

●優曇：《清華經》：『優曇鉢花三千年一見，值輪王及佛出方現。』故優曇鉢花是爲瑞兆。

●五濁：《清華經》：『從生濁，見濁，煩惱濁，命濁，動濁，是爲五濁惡。』

寒潭

瑟瑟西風潦水寒，
倦翎收拾下清潭。
緑蕪蕩過黄埃逝，
碧藻飄殘白髪毿。
搔首孤吟憐獨影，
回眸明月映重嵐。
雲廊水殿無消息，
荒沼昏霾夕照間。

作《寒潭吟》，輟筆久思，乃以紙剪白鷺，一、二、三、五……幾至十數隻，終不能奪。吾婿功新于畫側曰：『何妨減鷺。』乃九、七、三、二、一，功新曰：『可！』畫成徵之安安，亦曰：『可！』于是，乃著一孤鷺。一爲數始，可以發皇至無盡。一，孤也，孤兀可生悲慨；孤兀者，最富神思，最多力量。一，可以爲徵表，可以爲生發之基。從一開始，引而發之，可以彌蓋天地，可以洞徹家國，可以通曉死生。若擬之澤畔孤吟，當亦如此。

十年

十年眸子失靈光，
慘白愁紅豈自傷。
過敏神經難入夢，
荒唐故事聽來香。
倒翻墨汁堪爲鑒，
塞住喉嚨也罵娘。
借得洞庭三丈水，
搴裳應可沐千場。

三十年頽波已屬大眚，三十年中之十年，則尤屬大惡大劫也。寫此種大惡大劫，以極其幽默之口吻，表極其沉痛之心情，或能略紓時人胸臆，故『過敏』『荒唐』一聯，允爲藝林傳誦。言路一開，塞百川而未可。燈前枕傍，唯希冀湖海傳波，能滌我肺肝也耳。

無題

小樓寒重硯凝塵，
點室殘箋蝨矢陳。
漢相無方收義子，
嗇夫多愛惜微民。
嗚蟬碧樹詩誰解，
樗木幽窗泪自珍。
博帶峨冠多似鯽，
揚塵十里遁吾身。

漢相句，見《夜畫》注。嗇夫：漢大司農朱邑曾任桐鄉地方水官嗇夫，愛民勤政，歿後，歸葬桐鄉，鄉人敬奉如神明。

自戊戌之後，凡五十年，中多曲折，就已乍顯清明。吾輩讀書人，老棄閑曠，又無意于乖時避地，惟惓惓攄誠，自求多福耳，又奚足與快馬高車相競耶？

●樗木：即臭椿，鬆散粗糙，爲無用之材。

雙塔

賞心山右哪相宜，
塔影雙雙入夢時。
寶頂鵲喧空好訊，
刹尖風起卜佳期。
隔雲量月無規矩，
坐窨論天證等差。
八萬八千風雨夜，
依然簷角掛星兒。

居山右二十年，望太原雙塔百千次，綠章信息，遽爾來遲，舉室困淪，獨坐無計，唯推窗遠眺，塔影雙雙，聊慰苦思也耳。

●窨：塔下地宫，俗稱塔窨。

山棗與京梨

廿載南冠老謫仙，
不尤不憾好嬋娟。
寒窑一夢八千日，
詩室無聲一百年。
驢背牛車載歌舞，
沙鍋瓦碟供神仙。
我今含泪長安去，
山棗京梨各自鮮。

反右戴帽之二十年紀念日，予與安安作徹夜長談，深感寒窑一夢，了無盡期，而予自詡當學白石老人默默耕耘之精神亦無復期盼。安安棄却一生藝術，而只能以瓦碟沙鍋來供養我道書畫神仙。嗚呼，安安倦矣，安安痛哉！想偶讀《流人》一書，亦絶少二十年不輕刑重命者。數十萬人罹此峻科，乃至人亡家破，又安得不作山棗京梨之嘆！

●『無聲詩室』，爲白石老人自作印。

出關

入關容易出關難，
娘子關頭白首郎。
城上殘花香隱約，
霧中寒雁影迷茫。
蟫痕泪漬餘心力，
塞草邊雲任俯昂。
我有長歌吟未得，
愴然一慟萬山蒼。

戊戌獲譴，首入娘子關。不意輾轉二十年，始出關返京。廿年一夢，誰辱誰榮，

竟不了了。其間秋日曾自壽陽登娘子關，滿山夕照，一片迷陽，了不知何以作此登臨。

● 娘子關：爲京晋交通孔道。由京赴晋，由晋返京，皆須經此。

● 蟫：即蠹魚。

雨中得句

落寞長安感淡懷，
絲絲細雨步瑶街。
半生長作幽燕客，
并世雙膺湖海才。
敗草疲驢驚道遠，
新圖舊計嘆時乖。
今朝偶得悲酸句，
找個凉亭記下來。

予以《孤吟》詩稿呈章文龍老先生，先生閱後傳話稱此章末句最好。爲詩之道，清新自然，是爲上格。人生偃蹇，古今士子之常，而獨戚戚不釋，有傷豁達。樂天謫潯陽，元稹簡以詩曰：『殘燈無焰影幢幢，此夕聞君謫九江。垂死病中驚坐起，暗風吹雨入寒窗。』誦之惻惻。予能作寬解語，亦一得也！

山溜

常作湖山草木盟，
百年淬礪却孤零。
劇談人世浮沉劫，
小叩風雲窈窕星。
可有古香生至愛，
絶無時習折真靈。
夜來山溜泠泠發，
水韵松吟供我聽。

曩時，曾夜宿晋南小村，山溜泠泠，竟夕不輟。其聲忽爾嘡嗒，忽爾清圓，通宵達旦，如歌如泣。聞之，一如驚雷轟谷，又如和風拂林，竟思開一境：此頃，已離安安兩年，無方踐當年草木之盟，乃成一律。

大縝老人爲吾湘滌生先輩後人，嗜書若命。晤談竟夕，因促小妹，因『至愛』而終成至愛。『可有』『絶無』一聯，人或稱道，予亦多次手録成聯，以贈友人。

●古香：指古籍、書本。

山溜

常作湖山草木盟，
百年淬礪劫孤零。
閑談人世浮沉劫，
小叩風雲窈窕星。
可有古香生至愛，
絕無時習折真靈。
夜來山溜泠泠發，
水韵松吟供我聽。

其時，曾夜宿晋南小村，山溜泠泠，竟夕不輟。其聲忽而幽咽，忽而清圓，通宵達旦，

始覺舍近。聞之，一如驚雷轟谷，又如朽風掠林，竟恍開一境：此頃，已離安家兩年，無方踐當年草木之盟，乃成一律。

大漢老人爲吾湘滌生先輩後人，贈書若命。晤讀竟夕，因促小詩，因『至愛』而詩成至愛。『可有』『絕無』一聯，人或稱道，予亦多次手錄成聯，以贈友人。

●古香：指古籍、書本。

羅巾

王府樓臺日日新，
行吟羈客客愁頻。
當時秋雨淒其夜，
此夕寒宵獨泣情。
忽報内廷傳玉牒，
豈期泰水賜羅巾。
河東一别春雲伴，
若是乘龍是所珍。

安安别後，已先期入都，予年後亦携女返京。忽忽又過十數月，有友人告予曰：

嗟，汝其幸也：西王母傳書矣。

大鎮老人中風卧病，僅愛女小妹一人相依爲命。十年浩劫，其婿遇害，遂時作燕樓之嘆。每見友人，多托青鳥傳書。所謂『書』者，小巾一襲而已，然實寓深意焉。

●王府：是時，中央美院即在北京王府井。而大鎮老人和小妹鴻遠女士，即在此和我初見。

朱樓

橋頭小語感温馨，
門第朱樓語乍通。
上客三千盡王謝，
青衫一襲眼渾淪。
深知我者相逢晚，
苦夢伊時別意新。
月下燈前每惆悵，
春風何日近芳鄰。

四十年前之湘江舊迹，已漫漶難辨；而十年前之白石橋頭往事却能約略存于胸臆。物質易于剥蝕，而精神却是永恒。鏤之金石，不若存于腦際。蓋臆度遠較直擬寬泛。情愛尤其如此。然乎哉，然也。小妹言婉而意温，且門第高深，不擬探究，不擬時萌隔意。

天山明月

日掩黃塵馬奮蹄，
胡桑弱水隴原西。
玉門未必無楊柳，
絶塞誰將寄夢思。
彤矢彤弓飛虎塞，
綠雲綠雨蕩龜兹。
天山明月臨芳草，
從此神揚漢節麾。

自山右歸來，與小妹獲觀電影《斯特凡大公》與《羅馬大戰》，神馳不已。每思倘能于銀屏中再現衛、霍、張、李之英雄形象，亦一大功德也。乃作電影劇本《天山明月》，深獲已故大導演林晨之褒獎。其後，又作歷史畫《張騫回京》，滋溪兄以爲即林凡回京也。當時，受小妹之助，照片資料霧積雲屯，雖皆有小獲，然均無大成。是以抱愧！

●胡桑：即胡楊，入秋，一片盈紅，至爲壯麗。

●弱水：《山海經》稱：『西海之南，流沙之濱，有大山昆侖之邱，有弱水之淵環之。』

●彤矢彤弓：朱漆之弓矢。古者，帝王以此賜有功之戰將勛戚。

●龜兹：西域古國。

送飯

蘭臺新啓獲清歡，
由曲春溪泛彩瀾。
微火紫泥烹雀舌，
冰紈素扇拂龍團。
青峰碧岫勾描易，
負水挑雲送飯難。
三丈錦屏新入妙，
畫成扶挽倚欄看。

因羅巾、玉牒之邀，遂入居美院。時擬作大幅白描《送飯》參展。盛夏間，汗如雨下，獲小妹烹茶、揮扇之勞。旬日之中，竟成巨幛。展後，此畫即由國家美術館收藏。

小夜曲

八角樓頭小綠幽，
紛紛花雨壓波浮。
三春雲陣排空立，
百折山溪載夢游。
滅燭聽濤聲霹靂，
凌波對月意淹留。
一生此夕渾如醉，
素袷朱裙對白鷗。

小妹隨予游南粤，夜宿聽濤樓。

予自沉迷于園林之構想，乃登高跋險，渡水爬山，偶于無意中，受邀入寢聽濤樓。樓高十丈，枕濤卧波，巨崖轟動，險巇莫名。入夜，濤聲震耳，惕怵無寐。歷三句鐘後，始安然入睡，夢魂摇曳于萬頃波濤間，波光月影，魚躍鷗飛。濃青如靛，有如瑶閣臨空、下臨無地之感，乃作此解。

無題

梅子黄時風雨多，
湖山舊影未銷磨。
初期握手同鶼鰈，
小夢緣情引薜蘿。
竪笛乍横吹不響，
靈犀新點礙難過。
等閑識得神仙面，
一曲終時失玉娥。

予作《山藤》《谷音》《五月萍開》，均以薜蘿爲畫中主體，蓋喜其枝蔓綿長，紛繁繚亂如意緒思絲，引人遐想。予畫多近工筆，千纏百繞，俱當曲盡其妙，一旦溝通，頓覺大快。終不類横塗竪抹，而後于一片迷茫中，尋找山石藤蘿之脉絡，若有所得，抽絲引綫，乃擲筆一笑。前者于描繪時，在預期中已有妙趣；後者在揮灑中，于發現後始著生機——兩者皆可獲藝術中之至樂。吾輩藝者當于兩類心神中尋求永樂、永愛、永生。

玄雲

玄雲伴托過重洋，
一望空蒙一鬱傷。
輿地早知滄海闊，
人生遲暮道途長。
洪波未息龍鱗老，
白屋常貧鳳尾香。
細問先生思忖甚，
『故園《金色小池塘》』。

五十年前，謫居山右，河汾寥落，朋儕凋零，居次長貧，舉家多病，苦况何堪！而珠桂之累，交相侵迫，草根殘木，又何敢作振羽長空、擊水大澤之想！甲戌以後，始自掌命運。是歲，觀美國影片《金色的池塘》，更深念缺陷世界亦可有金色池塘之完美温馨，生趣鬱陶，即在此也。

梨花節

萬樹瓊瑶照旺西，
如烟如霧蝶蜂迷。
曾聞宋琬晨馳馬，
更道南宮夜點犀。
微雨院庭傳舊咏，
黄昏歌舞競新題。
相思三度梨花月，
古木虬虬春鳥啼。

宋琬（一六一四—一六七三），清山東萊陽詩人。宋琬詩多爲感事傷時之作，每多凄凉激宕之音，與施閏章齊名。有《安雅堂集》行世。一九九六年，予曾偕内子于萊陽宋琬故居博物館舉辦詩聯展，七十六件展品，一日間竟全部售罄。足見萊陽人對藝術之高度熱忱，乃題聯以遺，聯云：八千丈東海濤聲，終難掩屈子神思，狂奴故態；三百里梨花顔色，當敵得尚書紅杏，處士紺梅。惜刊刻時，字多漏誤。

晚風

失群自悯小乖離，
白袷飄零碧水湄。
斜月漸沉湖霰冷，
暮雲初合楚霜滋。
蕭騷秋葦迷歸客，
徙倚寒汀積苦思。
今夜夢回蝦子渡，
蘆花摇落晚潮時。

《晚風》一畫，極獲時賞。蓋與安安托鉢作南北之游，時有困滄無告，幾至卧處無地之苦。此情此景，恰如雙鷺。

望海

玫瑰花開望海臺，
凝眸日日上樓來。
輕羅小傘穿沙徑，
短褶長裙拂岸苔。
星月高崖檐角翹，
歌吟短艇玉人回。
依偎山海三生約，
風雨蓬萊惜少偕。

膠東有望海臺。背負巇岈山，面臨大海，險巇而峻美。海有海神，山有山鬼；鬼神之間，男女居焉。設颶風破浪，暴雨傾山，神狂鬼怒，男女無蔽，將何以處？唯踐約以赴，死生不計也。一九九二年，予携小妹曾卧游于此。

海旅

短帆已卸暮雲浮，
酒漬茶痕淡不收。
襲襲羅裳飄小月，
重重銀浪割清眸。
嫦妍蛤蚌皆龍種，
粉黛神仙著蔽裘。
舒捲海天搖曳夢，
寒濤一片立雙鷗。

山中有苦有樂，海上亦有苦有樂。夜宿山中，萬籟寧靜，可脫塵囂；及至轉入死寂，又令人生怖。一聲啼鳥，足引神思，而沉寂中鴉鳴竟如鬼哭。夜宿海上，濤聲盈耳，如樂奏鈞天，若簸然搖枕；終宵如滚鼓搖車，絶難入寐。予偕小妹夜宿海上，雖僅一夕，却永難釋念。及至捨舟登岸，返視海天，不覺化入鷗群中，與之共舞于波光雲影間，此真樂也。

凋菰

東鄰事事啓囂氛，
撥散霞霓斷送春。
本應仙臺迎墨妙，
何期神户拒延賓。
幾年辛苦開生面，
一獲天機證匠心。
萬里陰霾堪寄恨，
凋菰顏色晚堪珍。

一九八九年予與小妹受日本友人邀約，擬赴東京、神户、仙臺、清井澤等地舉行書畫展。後日方因予雖退休，然仍有軍籍，乃取消簽證。小妹亦忿然棄却東游之想。予爲此作寬解語曰：『春風當再作，凋菰期再生。』題稱凋菰，即指此事。

●菰：多年生草本，嫩莖即茭白，其實即菰米，俗傳食之可以延年。春夏間，沼澤中，一片緑菰，摇曳生姿，十分可愛。秋時斬根斷莖，隨即凋謝。春時則再萌發。

白鹿寺碑

同入伽藍佛座崇，
一聲梵唄散秋蓬。
花前難覓人間笑，
詩國應高佛子雄。
小住碧雲欽定力，
清吟白鹿證禪功。
千秋梵宇刊珠玉，
百石鐫詩吊己公。

辛未春，讀《白蓮集》，極振奮。竊以爲文學史于己公評騭過苛，乃矢志宣傳己公之作。後得夏五諸先生助，全注齊己詩出版。其後，又出資書寫己公詩作六十餘款，由莫紹凡先生督工上石，捐贈益陽白鹿寺。五年前，由白鹿寺住持刊砌于寺廊。

●碧雲：見前『禮佛』注。

●白鹿寺：益陽古刹，興建于唐代，毁于文革中。今已重建。